AF467224

L'APOLOGIE DU SIECLE, OU MOMUS CORRIGÉ.

COMEDIE.

De Monsieur de BOISSY.

Répresentée par les Comediens Italiens, pour la premier fois, le premier Avril 1734.

Le prix est de vingt-quatre sols.

A PARIS,
Chez PRAULT, Pere, Quay de Gêvres, au Paradis.

M. DCC. XXXIV.
Avec Approbation & Privilege du Roy.

L'APOLOGIE DU SIECLE, *OU* MOMUS CORRIGÉ.

COMEDIE.

ACTEURS.

MOMUS.

UNE ACTRICE.

PHILINTE.

L'INDIFERENT.

LE GENIE DU SIECLE.

TERPSICORE.

La Scene est au Théatre de la Comedie Italienne.

L'APOLOGIE DU SIECLE, *OU* MOMUS CORRIGÉ.

COMEDIE.

SCENE PREMIERE.

MOMUS, UNE ACTRICE.

L'ACTRICE.

QUOY! Momus, le Soutien de notre Comedie,
Porte, aulieu deMarotte, unBouquet à la main?
Son chef n'est plus orné du bonnet Calotin?

MOMUS.

Ce changement vous notifie,
Qu'à fronder deformais je ne fuis plus enclin.

L'ACTRICE.

Mais, quel eft donc votre deffein?

MOMUS.

De faire ici l'Apologie....

L'ACTRICE.

De Qui?

MOMUS.

De tout le genre humain.

L'ACTICE.

Oh! Ce fera, je le parie,
La Critique du Siécle, avec art traveftie,
Sous les traits adoucis d'un éloge malin.

MOMUS.

Non, j'abjure la raillerie,
Et je pretens loüer de bonne foy.

L'ACTRICE.

Allons, Seigneur, vous vous moquez de moi;
On fçait que vous aimez à rire,
Et l'encens de Momus eft un trait de Satire.

MOMUS.

Depuis, qu'en bien, tout le Monde eft changé,
Sçachez que je fuis corrigé.
De la douceur que je refpire,

Ces fleurs sont un garant qu'on ne peut contredire,
La Critique n'est plus de saison;
Et le Siécle vit de façon,
Qu'il ne convient plus d'en medire.
Il fait voir tant d'esprit, de candeur, de raison,
Qu'en dépit qu'on en ait, il faut bien qu'on l'admire.
Plein de sagesse, exempt d'abus,
Des ridicules, d'injustices,
Il m'oblige à changer d'humeur & d'attributs.
A l'avenir je ne dois plus
Faire la satire des Vices,
Que par l'éloge des Vertus.

L'ACTRICE.

Je me rends à ce trait, vous n'estes plus caustique.

MOMUS.

Les bonnes mœurs du tems m'ont rendus pacifique.
Je vois tout par le beau côté;
Et, de tous les Auteurs, je veux être imité.

L'ACTRICE.

Mais jamais au panégirique,
Ces Lieux ne furent consacrés;
Et, de tout tems, sur la Critique,
Nos revenus sont assurés:
Sans elle, serviteur au Théatre Italique.

MOMUS.

Elle ne fait que l'avilir,
Et ce n'eſt qu'en loüant qu'on le peut annoblir.

L'ACTRICE.

Seigneur, tel eſt notre malheur extrême.
Nous ne pouvons, au tems preſent
Attirer à nos jeux Paris, qu'en l'amuſant,
Ni l'amuſer qu'aux dépens de lui-même.

MOMUS.

Madame, c'étoit bon jadis
Que le Public rioit ſans entendre fineſſe ;
Mais aujourd'huy qu'il eſt des plus polis,
Et que le moindre trait allarme ſes eſprits,
Et choque ſa delicateſſe ;
Que les portraits par lui ne ſont ſaiſis,
Que pour les commenter contre l'Auteur ſans ceſſe ;
Et qu'il les blâme, après les avoir applaudis,
La Critique eſt funeſte, & je vous l'interdis.

L'ACTRICE.

C'eſt vouloir nous ôter notre reſſource unique :
De tout Poëte dramatique,
Songez qu'elle eſt, Seigneur, le véritable lot.
Il la profeſſe en ſage, & non pas en cinique ;
S'il fronde la ſotiſe, il épargne le ſot :
Ménageant, avec art, ſon pinceau ſatirique,

Il peint le Siécle entier des plus fortes couleurs.
Sans désigner personne, & sans noircir les moeurs,
Il fait par ses Ecrits la censure publique
Sous des noms empruntés, & des traits generaux ;
Et comme en un miroir, dans ce tableau critique,
Sans en être offensé, chacun voit ses défauts.

MOMUS.

Les applications sont toûjours dangereuses,
Et font naître souvent des disputes fâcheuses ;
Ecrivons pour la paix, non contre le répos.
Pour plaire sagement, & sans qu'on nous redoute,
Je veux, dans ce jour, essaïer
De tracer au Théatre une nouvelle route,
Et d'y loüer sans ennuïer.

L'ACTRICE.

Cariere difficile, & délicat metier!

MOMUS.

J'espere la remplir.

L'ACTRICE.

Permettez que j'en doute.

MOMUS.

Allez, j'aurai toûjours l'honneur de la frayer.

L'ACTRICE *en s'en allant.*

Par la loüange vouloir plaire!
Le seul projet à lieu de méfraïer ;
Nous sommes ruïnés, si Momus est sincere.

SCENE II.

MOMUS, PHILINTE.

PHILINTE.

SEigneur, je viens pour vous prier
De me venger.

MOMUS.

De qui?

PHILINTE

De l'Univers entier.
Contre lui, répandez un torrent d'Epigrammes:
Tirez à bout portant. Morbleu, point de quartier;
Déchirez, à l'envi, les hommes & les femmes.

MOMUS.

Que vous a fait le Siécle? & par quelles raiſons
Excite-t'il chez vous une pareille rage?

PHILINTE.

Parce qu'il eſt mechant de toutes les façons.

MOMUS.

Parlez plus poliment du Siécle où nous vivons.

PHILINTE.

Quoy! Vous voulez que je menage
Un Siécle ſi fripon?

MOMUS.

Corrigez ce langage,
Le terme de Fripon n'eſt plus du bel uſage.
Il revolte l'oreille en ce tems épuré
Où chaque mot qu'on dit doit être meſuré.
La politeſſe veut. ...

PHILINTE.

Ah! Ventrebleu, j'enrage,
Je ne trouve, en Amour, que des cœurs ſcelérats;
En amitié, que des ingrats.
On me gruge au palais; au jeu, l'on me friponne,
Et l'on me vole à la maiſon.
Chez le Traiteur, on m'empoiſonne,
Et vous ne voulez pas, contre toute raiſon,
Que je traite aujourd'hui le Siécle de Fripon?

MOMUS.

Groſſierement pourquoi le dire,
Quand, par des correctifs, vous pouvez l'adoucir?

PHILINTE.

Oh! Commencez donc par m'inſtruire;
Qu'eſt-ce qu'un correctif? Vous me ferez plaiſir
De m'expliquer le ſens de ce mot qui m'arrête.

MOMUS.

C'eſt l'art, à le bien definir,
De faire tout paſſer par le tour qu'on lui prête,
Et de choiſir toûjours le nom le plus honnête.

PHILINTE.

Pour m'enseigner cet art où vous semblez primer,
Apprenez-moi d'abord comment je dois nommer
Une Friponne, une Coquette,
Dont la bouche me jure un amour sans égal,
Et qui, l'instant d'après, me trahit en cachette,
Et favorise mon rival?

MOMUS.

Mais on la nomme une femme ordinaire,
Qui suit le train du monde, & qui, faite pour plaire,
A l'esprit de joüir des droits de sa beauté.

PHILINTE.

C'est donner un beau masque à l'infidelité.
Et l'ami déloyal qui m'enleve la Belle,
Et qui m'emprunte mont argent
Pour triompher de l'infidelle,
Comment l'appelle-t'on, en ce siécle charmant?

MOMUS.

Un ami foible, & que l'amour emporte:
On doit avoir pitié d'un homme de la sorte.

PHILINTE.

Momus est bien compatissant.
Et de quelle façon est-ce qu'il qualifie
Un Procureur avide, & qui, sans modestie,
De toutes mains reçoit double valeur,

Et qui me vend à ma Partie ?

MOMUS.

Mais je l'appelle un Procureur.

PHILINTE.

Un Chevalier de l'induſtrie,
Qui de filer la carte oſe profeſſer l'art ?

MOMUS.

Un habile Joüeur qui fixe le hazard.

PHILINTE.

Un valet qui me vole avec effronterie,
Et qui vend mes habits ſans ma permiſſion ?

MOMUS.

Un pauvre diable qui s'oublie,
Entraîné par l'occaſion.

PHILINTE.

Un pareil diſcours m'édifie ;
On ne peut pas, ſur ſa friponnerie,
Excuſer un coquin en termes plus civils.
Et celui qui parvient, des emplois les plus vils,
A des poſtes d'honneur qu'il arrache au mérite
Par une voye oblique & des détours ſubtils ?

MOMUS.

Le modele parfait de la bonne conduite,
Qui, devenu ſon propre créateur,
Du fond de ſon néant a tiré ſa grandeur.

PHILINTE.

Peste ! Quel éloge sublime !
Et celui qui voilant le noir dessein qu'il a,
Répand malignement un libelle anonime,
Contre son concurrent qu'il supplante par là ?

MOMUS.

Un politique adroit, qui croit tout legitime
Pour arriver au but où tendent ses desirs.

PHILINTE.

Pour finir, en un mot : Comment est-ce qu'on nomme
L'animal vicieux, esclave des plaisirs,
Qui manque à tous ses devoirs ?

MOMUS.

L'Homme
Le plus puissant de tous, & des autres le Roi,
Formé pour imposer, non pour subir la loi.

PHILINTE.

En ce siécle pervers, voilà comme l'on donne
De favorables noms aux vices triomphans ;
Par ces beaux correctifs & ces tours éloquens,
Tout crime est excusé, toute action est bonne,
Et l'on ne trouve plus de mal honnêtes gens.
Moi, qui ne puis souffrir ce jargon qui m'irrite,
Je parle à découvert contre les moeurs du temps,
Et je donne à chacun le vrai nom qu'il mérite.

J'appelle une Maîtresse, au maintien hypocrite,
Qui me trompe sous-main en feignant de m'aimer,
Une coquette insigne, & qu'on doit enfermer :
Et mon ami qui l'a séduite,
Un perfide, un ingrat digne d'être noyé.
Un valet qui me vole, un scelerat à pendre ;
Un Procureur qui prend sans jamais rendre,
Un fripon privilegié.
Un Chevalier qui fait commerce de joüer,
Pour escroquer & filouter l'espece,
Est un Gentilhomme à cloüer
Sans quartier, sur la table où brille son adresse.
Un homme qui parvient à des emplois brillans
Par la bassesse & le pillage,
Un piéplat qui devroit conduire l'équipage
Dont il occupe le dedans.
Celui de qui la noire calomnie
Va semer contre nous des écrits clandestins,
Et nous couvre d'ignominie,
Le plus affreux de tous les assassins
Qui nous ravit l'honneur bien plus cher que la vie.
Le Roi des animaux est le pire de tous,
Et ce siécle, celui des travers les plus fous.
Momus enfin, Momus qui justifie
Ce que notre Age a de plus odieux,

Eſt le dernier de tous les Dieux ;
Et, par ſa lâche flaterie,
Cent fois plus bas, plus méchant à mes yeux
Que les mortels qu'il juſtifie.
Adieu. Ton ſeul aſpect me chaſſe de ces lieux,
Vil apologiſte du vice :
Va, qui prend ſa défenſe, en devient le complice.

MOMUS *l'arrêtant.*

Arrêtez-vous. Je ne ſouffrirai pas
Que vous partiez avec l'idée injurieuſe
Qu'a du ſiécle & de moi votre ame furieuſe.

PHILINTE.

Crois-tu donc me convaincre en retenant mes pas?

MOMUS.

Entre notre Age & vous je veux me rendre arbitre,
Et devenir, en vertu de ce titre,
De tous vos differends le pacificateur.

PHILINTE.

Moi ! je récuſe un tel médiateur.

MOMUS.

J'ai des moyens ſi bons à vous déduire,
Que vous allez me croire, & dompter ce tranſport.

PHILINTE.

Mais lorſque j'ai raiſon, comment peux-tu détruire.....

MOMUS.

Oui, vous avez raiſon; mais nous n'avons pas tort.

PHILINTE.

Ventrebleu! Ce diſcours eſt digne qu'on l'admire.

MOMUS.

Vous allez en tomber d'accord.
Prêtez-moi ſeulement une oreille docile.

PHILINTE.

Pour la rareté du fait, ſoit;
J'écoute, & je ſuſpens ma bile.
S'il ſe tire de là, je le tiens pour adroit.

MOMUS.

Votre plainte, Monſieur, eſt d'abord légitime:
Des mauvais procedés dont on eſt la victime,
Les exemples ſont familiers;
Mais du ſiécle, après tout, ils ne ſont pas le crime,
C'eſt celui des particuliers.
De quelques faux amis qu'on ſe trouve la duppe,
De la fureur qui nous occupe,
Tout l'Univers devient l'objet;
Nous nous prenons à lui du bien que l'on nous ôte,
Et nous ne ſongeons pas que c'eſt ſouvent la faute
Du mauvais choix que notre cœur a fait.

PHILINTE.

Ce raiſonnement là me frappe,

Je puis bien être dans le cas.

MOMUS.

Par ce discours qui vous échape,
De votre erreur vous convenez tout bas;
Le siécle, à cet égard, n'est donc plus si blâmable?
Dans l'aveugle transport qui vous l'a peint coupable,
Vous le voyiez en laid, & dans son vilain jour:
Par un esprit plus doux, & d'un œil équitable,
Voyez-le en beau, Monsieur, à votre tour.
La Justice jamais fut-elle mieux renduë,
Et l'Univers mieux policé?
La verité fut-elle mieux connuë?
Plus loin, dans la Nature, a-t'on jamais percé?
Jamais la Nation fut-elle plus polie?
Le Commerce plus sûr, & la Societé
Plus charmante & plus accomplie?
La Grace au Sçavoir s'y marie,
L'Agrément à l'utilité,
La Bien-séance à la Commodité.
A l'Enjoument la Noblesse est unie,
Et l'Elegance à la solidité.
C'est le Siécle du Goût, titre bien merité!
Et, s'il a ses défauts comme les autres Ages,
Convenez, avec moi, qu'ils sont bien compensés;
Et que, par tous ses avantages,

Il

Il enchérit en bien sur les siécles passés.

PHILINTE.

Ce portrait, quoique favorable,
Est conforme à la verité.
J'ai trop crû la fureur dont j'étois agité ;
J'ouvre les yeux, je sens qu'il est plus raisonnable
De voir tout, ici-bas, par le plus beau côté.

MOMUS.

D'un si sage retour que je suis enchanté !
Notre Age n'a pas tort, j'ai sçû vous en convaincre ;
Consentez donc que Momus, aujourd'hui,
Vous réconcilie avec lui.

PHILINTE.

Je le veux de bon cœur. On est sûr de me vaincre
Dès qu'on me montre la raison.

MOMUS.

Vous avez l'esprit droit, vous avez le cœur bon.
Allez, joignez, plein d'une ardeur nouvelle,
Au fonds de probité qui vous est naturelle,
Trois couches de vernis de ce siécle poli,
Et vous serez, Monsieur, un mortel accompli.

PHILINTE.

Je cours mettre à profit le conseil qu'on me donne,
Mettre d'accord en ma personne
L'homme du siécle avec l'homme d'honneur ;
Sans nuire à la franchise, orner l'exterieur ;

Joindre par un noble aliage
Aux vertus du vieux tems, les vertus de notre âge;
La dépouillant de son austerité,
Rendre agréable la sagesse,
Et faire aimer la probité
Sous les traits de la politesse.

SCENE III.

MOMUS, L'INDIFFERENT.

L'INDIFFERENT.

JE viens d'entendre vos discours,
Seigneur Momus, qu'ils m'ont fait rire!
Vous serez le même toujours
En éloge comme en satyre.

MOMUS.

Comment donc? Que voulez-vous dire?

L'INDIFFERENT.

Que votre esprit, par de subtils détours,
Sçait adroitement se conduire!
Mais tout le monde, cher Momus,
De ce Proselite crédule
Ne suivra pas le sot abus;

En entrant, en sortant je l'ai vû ridicule.

MOMUS.

De quel abus le taxez-vous ?
Il reconnoît son injustice.

L'INDIFFERENT.

Premierement, je blâme le courroux
Qu'il a fait éclater si fort contre le vice.

MOMUS.

Il en est revenu.

L'INDIFFERENT.

Par un autre caprice
Qui doit le mettre au rang des fous.

MOMUS.

Comment?

L'INDIFFERENT.

D'une autre erreur sur le champ adoptée
Vous avez rempli son esprit;
Cette victoire remportée
Doit établir votre crédit.

MOMUS.

Quoi! Vous riez d'un galant homme
Qui connoît ses défauts, & veut s'en corriger?

L'INDIFFERENT.

Oui, c'est ainsi que votre orgueil le nomme,
Mais ce n'est pas ainsi que l'on en doit juger.

MOMUS.

Et quelle idée est donc la vôtre ?
Il blâmoit tout le monde, & j'ai sçû lui prouver
Qu'il est beaucoup de gens que l'on doit approuver.
Vers lequel penchez-vous ?

L'INDIFFERENT.

Ni vers l'un, ni vers l'autre.

MOMUS.

Oh, oh !

L'INDIFFERENT.

L'indifference est le meilleur parti.
Irai-je me fâcher contre un plat personnage,
Et lui donner un démenti
Sur toutes les vertus qu'il croit son apanage ?
Si le Sort à quelqu'un enfin a départi
De rares qualités un brillant assemblage,
Irai-je en l'admirant me croire anéanti ?
Et le loüer d'un bien qui n'est pas son ouvrage ?
Car, Seigneur, en naissant chacun porte son lot.
Foibles joüets de la nature,
Chacun vient risquer l'avanture
D'être bien ou mal fait, spirituel ou sot,
Et nous ne nous formons l'esprit ni la figure.

MOMUS.

Mais l'éducation dompte le naturel,

Et fait souvent en nous un changement extrême.

L'INDIFFERENT.

Ce changement est superficiel :
Puisqu'il faut, jusqu'au bout, vous prouver mon sistême,
Elle avance fort peu par tous ses vains efforts ;
Elle a beau plâtrer les dehors,
Notre fonds est toujours le même.

MOMUS.

Mais je soûtiens que son secours,
Qu'à tort vous peignez inutile,
Fait des merveilles tous les jours.

L'INDIFFERENT.

Oui, sur un naturel fertile ;
Vraiment, je n'en doutai jamais,
Puisqu'il sort de ses mains heureuses,
Aussi brillant, aussi poli,
Que de la main d'un Artiste accompli,
Sortent les Pierres précieuses.
Oui, je conviens qu'il faut des soins au naturel,
Au bon, car au mauvais, ce sont peines perduës.

MOMUS.

Convenez donc qu'aussi les loüanges sont dûës
A ceux qui l'ont reçû du Ciel.

L'INDIFFERENT.

C'eſt juſtement ce que je nie.
J'en reviens à mon premier point,
Que l'on poſſede un mince, ou bien un grand genie.
Je ne mépriſe pas, mais je n'admire point.
Un malheureux, à qui la Nature cruelle
A même refuſé ſa plus ſimple faveur,
En eſt aſſez puni par la douleur mortelle,
Que lui cauſe en ſecret cet excès de rigueur
Qui l'avilit à ſes yeux-même,
Sans que j'aille ajoûter encor à ſon malheur,
En l'accablant du poids de mon mépris extrême,
Et le perçant d'un ris moqueur:
Un triomphe ſi bas, & qu'on obtient ſans peine,
Déshonore l'eſprit, & fait outrage au cœur;
Alors, plus la victoire eſt pleine,
Plus ſon éclat honteux dégrade le vainqueur.
Quant à celui ſur qui le ſort propice
A liberalement verſé
Tous les dons ſeducteurs qu'accorde ſon caprice,
N'en eſt-il pas aſſez recompenſé
Par ces mêmes preſens de ſon étoile heureuſe,
Et la comparaiſon flateuſe
Qu'il fait de ſon mérite avec celui d'autrui?
Il ſent trop bien ce mérite ſuprême,

Et nous devons nous reposer sur lui
Du soin de s'applaudir lui-même.

MOMUS.

Souffrez que je vous dise ici. . .

L'INDIFFERENT.

Adieu. Vous me feriez un discours inutile ;
Dans mon opinion je suis toujours tranquile.
Admirer, est d'un sot ; fronder, d'un étourdi ;
Rester neutre, d'un homme sage ;
Et je m'en tiens à ce dernier parti,
Sans vous en dire davantage.

SCENE IV.

MOMUS, LE GENIE DU SIECLE.

LE GENIE.

SEigneur, je viens vous éclairer,
Et vous servir de conducteur moi-même
Dans la carriere où je vous vois entrer.
Comme le monde a changé de sistême,
Et qu'étant mal instruit, vous pourriez exalter
Ce qui n'est plus digne de l'être,
Ou taire ce qu'il faut vanter,
Il est bon, en ce jour, de vous faire connoître

L'esprit qui le gouverne, & qu'on doit consulter.

MOMUS.

C'est m'obliger très-fort; mais daignez, je vous prie,
M'apprendre votre nom avec vos qualités?

LE GENIE.

Du Siécle, en moi, vous voyez le genie:
Remplissant l'univers de nouvelles clartés,
J'ai des vieux préjugés vaincu la tyrannie;
De nos ayeux bornés corrigé les abus;
D'une constance ridicule
Affranchi les Amours qui ne soupirent plus;
Dégagé l'amitié des devoirs superflus;
La probité, du poids d'un vain scrupule,
Et j'ai créé d'autres vertus.

MOMUS.

Cette reforme est des plus belles;
On fait tout ce qu'on veut quand on a de l'esprit.
Mais les vieilles Vertus n'ont donc plus de crédit?

LE GENIE.

Non. J'ai sur leur ruine établi les nouvelles.
Ces contrôleuses éternelles
Etoient dures à vivre, & d'un sot entretien.

MOMUS.

De m'avertir vous faites bién ;
Car j'aurois, dans mon ignorance,
Loüé bêtement la Constance,
La Candeur, la Fidelité,
La Modestie & la Franchise,
La Bonne-Foi, l'Integrité.

LE GENIE.

Vous auriez fait une insigne méprise.
Apprenez, qu'aujourd'hui, la Candeur est sottise ;
La Constance fadeur, ou défaut d'agrémens;
La Modestie, un vice des plus grands,
Qui par la crainte qu'elle excite,
Oste la grace, étouffe les talens,
Et fait souvent un sot d'un homme de merite;
La Bonne-Foi produit les plus petits esprits,
Qui n'osant s'écarter de la marche commune,
Ne font jamais un pas vers la Fortune;
L'Integrité, des gens durs, impolis,
Sur qui ne peuvent rien les parens, les amis,
Et qui refusent tout aux Dames;
La Franchise, des étourdis;
Et la Fidelité fait les plus sottes femmes.

MOMUS.

J'ouvre les yeux & suis de votre avis.
Ces vertus-là ne sont pas de commerce.

LE GENIE.

Voilà pourquoi je les proſcris,
Et ne veux plus qu'on les exerce.
Je leur ſubſtituë, en ce jour,
L'Inconſtance, qui de l'amour
Fait un amuſement aulieu d'un eſclavage,
Et rend illuſtre une aimable volage.
La juſte Défiance, au cœur toujours couvert,
Qui ſçait ſe déguiſer ſous un maintien ouvert,
Et qui déſigne un homme ſage.
La Bonne Opinion, ferme dans tous ſes pas,
Qui porte & met en jour le merite qu'elle aide,
Qui fait briller l'eſprit que l'on poſſede,
Et paroître ſouvent celui que l'on n'a pas.
La douce Politeſſe, & l'exacte Décence
Que ſuivent les égards ſi reſpectés en France
Qui parent les dehors ſans gêner les déſirs,
Et leur ſervant de voile, augmentent les plaiſirs.
La Coquetterie attrayante,
Au ſouris fin, au regard ſeducteur,
Pour mieux plaire toujours décente,
Se couvrant à demi d'un vernis de pudeur,
Animant la beauté qu'elle rend plus piquante,
Qui répand ſes attraits juſques ſur la laideur,
Et forme, en épuiſant ſon pouvoir enchanteur,
La femme du grand monde, ou la femme charmante.

La fine Politique, & le Manége adroit,
Epoux clandestin de l'Intrigue,
Ami des Souterrains, & pere de la Brigue,
Qui cache, d'un rideau que personne ne voit,
L'art de tout applanir, & l'utile science
D'aller à la Fortune avec rapidité,
Et d'une main que conduit la prudence,
D'arracher ses faveurs avec impunité;
C'est ce Manége enfin qui compose l'essence
Du Genie élevé, de l'esprit transcendant,
Qui franchit la barriere, & qui vole au plus grand.

MOMUS.

Oh, voilà pour le coup les vertus à la mode.
La morale en est douce, & l'usage commode.

LE GENIE.

C'est l'agrément joint à l'utilité,
Qui fait les vertus véritables;
Les miennes, douces & traitables,
Ont cette double qualité;
Et, faites pour l'humanité,
Sont utiles autant qu'aimables.

MOMUS.

Elles auront nombre de partisans.

LE GENIE.

Pour mieux prouver mon avantage

Sur la sageſſe du vieux tems,
Examinons ſon plus parfait Ouvrage.
Quels ſont ces Sages renommés,
Ces mortels ſi parfaits que ſes mains ont formés ?
Des hommes ſinguliers, des eſprits indociles,
Des miſantropes noirs, des cenſeurs difficiles,
Qui trouvent tout mauvais, & ne ſont bons à rien ;
Des vains déclamateurs, en maximes fertiles,
Parés du nom de gens de bien,
Et Citoyens très-inutiles ;
S'ils ſont dans l'indigence, ils le méritent bien.
Quels ſont preſentement ceux que je favoriſe,
Et que j'ai pris ſoin de polir ?
Des hommes accomplis que tout le monde priſe,
Qui joignent l'art de plaire à l'art de s'agrandir,
Propres à tout, alliant les contraires,
Amuſans dans un cercle, utiles à l'Etat,
Papillons en amour, Aigles dans les affaires,
Polis dans le commerce, & vaillans au combat ;
Comblés de gloire, ils ſont dignes de leur éclat.

MOMUS.

A ces derniers que je préfere,
Je donne, en ces inſtans, le prix ſans balancer :
Ils ſont riches, brillans, le ſort leur eſt proſpere.
Ce ſont-là les Héros que je dois encenſer ;

Et c'eſt à vous que je veux plaire.
Sur la vertu, quoique je la revere,
Je me tairai, de peur de m'oublier.

LE GENIE.

A ſes dépens Momus peut s'égayer.
Gotique comme elle eſt, chacun vous l'abandonne.

MOMUS.

Mais mon mêtier eſt d'approuver.

LE GENIE.

Attaquez-la, Seigneur, vous n'offenſez perſonne.

MOMUS.

J'offenſe tout le monde, & je vais le prouver.

LE GENIE.

Oh ! Cette ſaillie eſt fort bonne !
On vous défend d'être malin,
Vous déguiſez la pente où vous êtes enclin,
Et vous ſauvez par l'ironie ;
J'applaudis de bon cœur à ce trait de génie,
Et vous prenez le bon chemin.

MOMUS.

Moi ! Je ne raille point, quoique vous puiſſiez dire ;
Penſer ainſi de moi, c'eſt vouloir me détruire,
Car qu'eſt-ce qu'un railleur ? Un eſprit ſans égard,
Qui ne reſpecte rien, qu'on fuit de toute part ;

Haï de la moitié du monde qu'il déchire,
Et craint ou méprisé de l'autre qu'il fait rire.

LE GENIE.

Vous peignez un caustisque, & non un fin railleur;
Songez que le plus sage est quelquefois rieur.
Avec raison, Paris s'offense
Qu'on fronde ouvertement & par profession;
Mais il est très-permis en France
De railler joliment & par occasion.
Vous pouvez, en faisant la juste apologie
Du goût du siecle & de ses moeurs,
Vous pouvez en passant contre tous ses frondeurs,
Exercer votre raillerie:
Décochez-leur vos traits, mais d'une main polie.

MOMUS.

La mienne est mal adroite, & pourroit les meurtrir.
Pour loüer, volontiers, je suis prêt d'obéir,
Car j'en ai fait un serment autentique
Pour mon repos & pour mon bien;
Et dussai-je échoüer dans le Panégirique,
J'aime mieux loüer mal, que de médire bien.

LE GENIE.

Je ne puis m'empêcher d'en rire,
Et je trouve le trait aussi neuf que charmant;

Momus qui me prie instamment
De le dispenser de médire!
Adieu. Je vais, Seigneur, publier hautement,
Que Momus a quitté, déposant son tonnerre,
L'uniforme du regiment;
Qu'à l'avenir, toute la terre
Peut être ridicule, & folle impunément,
Et qu'il fait en ces lieux trafic de compliment;
Que sans contribuer à l'intrigue comique,
Et sans servir au dénoument,
Tout Personnage épisodique,
Peut à ses yeux paroître hardiment,
Beauté, Laidron, Roturiere, Marquise,
Vieille, tendron piquant,
Honnête homme, Fripon, Ignorant & Sçavant,
Les vertus, les défauts, l'esprit & la sottise;
Que vous loüez, enfin, tout indifferemment,
Et qu'au premier venu d'une main liberale,
Vous prodiguez l'encens dans cette sale,
Sans sçavoir pourquoi, ni comment.

MOMUS.

Allez, vous me forcez de quitter l'ironie;
A mes yeux ne vous offrez plus.
Si de ce siecle heureux vous étiez le génie,
Vous feriez plus de cas des solides vertus.

SCENE V. ET DERNIERE.

MOMUS, TERPSICORE.

TERPSICORE.

SEigneur, la Muse de la Danse
Vous fait son humble réverence.

MOMUS.

A louer vos brillans appas,
Déesse, désormais ma bouche est destinée.

TERPSICORE.

Vraiment, Momus est galant cette année.

MOMUS.

La noblesse de vos pas,
La mollesse de vos bras,
La langueur de vos yeux, tant leur puissance est grande,
Enchantent tout Paris dans une Sarabande;
De vous revoir il ne se lasse pas.

TERPSICORE.

Quel éloge! La noblesse,
La mollesse, la tendresse
De mes pas, de mes bras, de mes yeux!
Parler de Sarabande aujourd'hui! Justes Dieux!
On voit bien qu'à louer Momus manque d'adresse,

Et

Et qu'en danſe moderne il eſt peu connoiſſeur.

MOMUS.

J'ai crû que ſur toute autre, excuſez mon erreur,
La danſe grave avoit la préference.

TERPSICORE.

La danſe grave! Ha, ha! C'eſt de la vieille danſe
Que vous nous parlez-là, Seigneur!
Qu'on ne me vante plus ſa funebre indolence,
Elle aſſoupit les Spectateurs;
Pour elle, déſormais, pleine d'indifference,
Je l'abandonne aux Danſeuſes des Chœurs.
Je vois qu'avec le Goût vous avez fait divorce.
Apprenez qu'à preſent la ſoupleſſe, la force,
L'agilité ſont mes premiers talens;
Qu'on m'admire par là dans le ſiécle où nous ſommes,
Et qu'à former des pas hardis, forts & brillans,
Je ne le cede en rien aux hommes.

MOMUS.

On danſoit autrefois, Madame...

TERPSICORE.

On danſoit?

MOMUS.

Oui,
D'une maniere très-auguſte.

TERPSICORE.

Dites, Momus, dites, pour parler juste,
Qu'on marchoit autrefois, & qu'on danse aujourd'hui :
On ignoroit mon art aimable.
Depuis six ans, au plus, on sçait former des pas;
De ce tems-là, je n'exagere pas,
Je date seulement la danse veritable.

MOMUS.

J'ai pourtant vû de grands sujets.
J'ai vû...

TERPSICORE *contrefaisant l'ancienne danse.*

Vous avez vû marcher comme je fais;
Vous avez vû la Danseuse novice,
Partant ainsi du fond de la coulisse,
Parcourir le Théatre, & s'arrêter exprès
Pour minauder avec un art extrême,
Et lorgner le Parterre en lui tendant les bras,
Se courber lentement, se relever de même,
Sans se donner le soin ni l'embarras
D'exprimer rien par ses pieds immobiles,
Ni de faire briller ses jambes inutiles.

MOMUS.

Par son visage heureux, & par ses airs charmans,
Elle joüoit ses danses.

TERPSICORE.

Je l'avouë.
Mais je fais plus, car je les jouë
Et je les danse en même tems.
Je réünis les deux talens.
Mais on a beau vanter l'expression touchante.
[*Elle déploye sa jambe.*]
Qui fait la danse au fond ? C'est la jambe brillante,
[*elle se campe.*]
C'est la position de nos pieds bien tournés,
[*elle marque ses pas.*]
Ce sont nos pas bien dessinés ;
C'est l'entrechat enfin, qui frappe, étonne, enchante :
Pareil à la gerbe éclatante,
Qui, s'élançant du sein de sa prison,
[*elle bat l'entrechat.*]
Termine l'artifice, & forme un tourbillon.

MOMUS.

De votre pied leger l'audace est étonnante !

TERPSICORE.

Je crois, de ma comparaison,
Qu'elle doit rendre aux yeux la justesse frappante.

MOMUS.

Déesse, qui vous voit ne peut la critiquer.

TERPSICORE.

Comme dans une Piece il eſt de la prudence
De finir par un trait qui la faſſe claquer,
Et que c'eſt même une ſcience,
De même, en un Ballet, on doit toujours finir
Par un double entrechat qui le faſſe applaudir.

[elle bat le double entrechat.]

C'eſt l'épigramme de la Danſe.

MOMUS.

Vous venez de m'aſſujettir,
Et, votre Danſe que j'adore,
Fait la gloire du ſiécle, aimable Terpſicore.

TERPSICORE.

Adieu. Je vais donner un Ballet de ſaiſon,
Et cours me ſignaler par une danſe unique
Qui vous le fera trouver bon.
Erato doit loüer tout le ſiécle en muſique.

[elle s'en va.]

MOMUS.

Soutenant juſqu'au bout mon heureux changement,
J'applaudis, ſans le voir, le Divertiſſement.

DIVERTISSEMENT.

MENUET.

CHantons du Citadin,
Chantons les mœurs faciles,
Chantons du Citadin
L'esprit agréable & badin;
Les femmes sont civiles,
Les maris sont tranquiles,
Les tendrons sçavans
Trompent à quinze ans
Leurs bonnes Mamans.

AIR.

Dans ce Siécle tout est charmant,
Tout est poli, tout est galant,
Tout possede le don de plaire,
Et le plus sot paroît brillant;
Avec beaucoup d'esprit on ment.
On se trompe joliment,
Et la beauté la plus severe
Ne l'est qu'un petit moment.

VAUDEVILLE.

REgardons en beau le monde,
Trop poli pour qu'on le fronde.
Approuvons également ;
Qu'on pardonne, ou qu'on ſe vange,
L'un eſt juſte, & l'autre eſt grand ;
Tout eſt digne de louange.

Qu'à ſa guiſe chacun aime,
Ne blâmons aucun ſiſtême.
On doit ſuivre ſon penchant.
C'eſt ſageſſe quand on change,
Vertu quand on eſt conſtant :
Tout eſt digne de louange.

FIN.

APPROBATION.

J'Ai lû par l'ordre de Monseigneur le Garde des Sceaux, *l'Apologie du Siécle, ou Momus corrigé, Comedie en vers.* A Paris le 6. Avril 1734.

GALLYOT.

PRIVILEGE DU ROY.

LOUIS, par la grace de Dieu, Roi de France & de Navarre. A nos amés & féaux Conseillers les Gens tenans nos Cours de Parlement, Maîtres des Requêtes ordinaires de notre Hôtel, Grand Conseil, Prevôt de Paris, Baillifs, Sénéchaux, leurs Lieutenans Civils, & autres nos Justiciers qu'il appartiendra, SALUT. Notre bien amé PIERRE PRAULT, Libraire & Imprimeur à Paris, Nous ayant fait remontrer qu'il lui auroit été mis en main plusieurs petits Ouvrages qui ont pour titre, *les Etrennes*, ou *la Bagatelle*, & autres Pieces de Théatre du Sieur de Boissy, qu'il souhaiteroit imprimer ou faire imprimer, & donner au Public, s'il Nous plaisoit lui accorder nos Lettres de Privilege sur ce necessaires; offrant pour cet effet de les faire imprimer en bon papier & beaux caracteres, suivant la feüille imprimée & attachée pour modele sous le contre-Scel des presentes. A CES CAUSES, voulant favorablement traiter ledit Exposant, Nous lui avons permis & permettons par ces presentes, de faire imprimer lesdits Livres ci-dessus specifiés, en un ou plusieurs volumes, conjointement ou separément, & autant de fois que bon lui semblera, sur papier & caracteres conformes à ladite feüille imprimée & attachée sous notredit contre-scel, & de les vendre, faire vendre & débiter par tout notre Royaume, pendant le tems de *six* années consécutives, à compter du jour de la datte desdites Presentes. Faisons défenses à toutes sortes de personnes de quelque qualité & condition qu'elles soient, d'en introduire d'impression étrangere dans aucun lieu de notre obéïssance; comme aussi à tous Libraires, Imprimeurs & autres, d'imprimer, faire imprimer, vendre, faire vendre, debiter ni contrefaire lesdits Livres ci-dessus exposés, en tout ni en partie, ni d'en faire aucuns extraits, sous quelque prétexte que ce soit, d'augmentation, correction, changement de titre ou autrement, sans la permission expresse & par écrit dudit Exposant, ou de ceux qui auront droit de lui, à peine de confiscation des Exemplaires contrefaits, de quinze cens livres d'amende contre chacun des contrevenans, dont un tiers à Nous, un tiers à l'Hôtel-Dieu de Paris, l'autre tiers audit Exposant, & de tous dépens, dommages & interêts; à la charge que ces présentes seront enregistrées tout au long sur le Registre de la Communauté des Libraires & Imprimeurs de Paris, dans trois mois de la datte d'icelles ; que l'impreſſion de ces Livres ſera faite dans notre Royaume & non ailleurs ; & que l'impetrant ſe conformera en tout aux Reglemens de la Librairie, & notamment à celui du 10 Avril 1725. & qu'avant que de l'expoſer en vente, le Manuſcrit ou Imprimé qui aura ſervi de copie à l'impreſſion dudit Livre, ſera remis dans le même état où l'Approbation y aura été donnée, ès mains de notre très-cher & féal Chevalier Garde des Sceaux de France le Sieur Chauvelin ; & qu'il en ſera enſuite remis deux Exemplaires dans notre Biblioteque publique, un dans celle de notre Château du Louvre, & un dans celle de notre très-cher & féal Chevalier Garde des Sceaux de France le Sieur Chauvelin ; le tout à peine de nullité des préſentes. Du contenu deſquelles vous mandons & enjoignons de faire joüir l'Expoſant ou ſes ayans cauſe, pleinement & paiſiblement, ſans ſouffrir qu'il leur ſoit fait aucun trouble ou empêchement. Voulons que la copie deſdites préſentes, qui ſera imprimée tout au long au commencement ou à la fin dudit Livre, ſoit tenuë pour dûëment ſignifiée, & qu'aux copies collationnées par l'un de nos amés & féaux Conſeillers & Secretaires, foi ſoit ajoûtée comme à l'original. Commandons au premier notre Huiſſier ou Sergent de faire pour l'execution d'icelles, tous Actes requis & néceſſaires, ſans demander autre permiſſion, & nonobſtant clameur de Haro, Charte Normande & Lettres à ce contraires : CAR tel eſt notre plaiſir. DONNE à Paris le trente-uniéme jour du mois de Janvier, l'an de grace mil ſept cens trente-trois, & de notre Regne le dix-huitiéme. Par le Roy en ſon Conſeil, *Signé*, SAINSON. Et ſcellé du grand Sceau de cire jaune. Et au dos eſt écrit :

Regiſtré ſur le Regiſtre VIII. de la Chambre Royale des Libraires & Imprimeurs de Paris, N°. 487. *Folio* 466. *conformement aux anciens Reglemens confirmés par celui du* 28 *Fevrier* 1723. *A Paris le premier Fevrier* 1733.

Signé, G. MARTIN, Syndic.

LIVRES NOUVEAUX

Imprimés en 1733. & 1734. & qui se vendent chez le même Libraire.

AMusemens Historiques, in 12. 2. vol.

Histoire des Cherifs en Affrique, in 12. trois Parties.

—— d'Osman, premier du Nom, dix-neuviéme Empereur des Turcs, *par Madame de Gomez*, 12. quatre Parties.

—— d'Estevanille Gonzalez, ou le Garçon de bonne humeur, *par M. le Sage*, 12. deux Parties.

Memoires secrets de la Cour de Charles VII. *par Madame Durand*, 12. 2. vol.

Les Petits Soupers de l'Eté, *par la même Dame*, 12. 2. vol.

La Vie de Marianne, *par M. de Marviaux*, 12. deux Parties. *La seconde se vend separément.*

Le Paysan parvenu, ou les Memoires de M***. *par le même.* in 12.

Le Cabinet du Philosophe, en huit feüilles in 12. *On en distribuë une nouvelle chaque semaine.*

L'heureux Stratagême, Comedie, *du même.* 12.

La Réünion des Amours, Comedie. *du même.* in 12.

Le François à Londres, Comedie, *de M. de Boissy*, in 8°.

Le Triomphe de l'Interêt, Comedie, *du même.* Nouvelle Edition in 8°.

Les Etrennes ou la Bagatelle, Comedie, *du même Auteur*, avec les nouvelles Prédictions de 1734. in 8°. *On vend ces Prédictions separément.*

La Surprise de la Haine, Comedie, *du même.*

L'Apologie du Siécle, ou Momus corrigé, Comedie, *du même*, in 8°.

La fausse Antipathie, Comedie, avec un Prologue ; & la Critique, *par M. de la Chaussée*, in 12.

Epître de Clio, sur les nouvelles opinions répanduës depuis peu contre la Poësie, *par le même.* in 12. troisiéme Edition, corrigée & augmentée.

Les Dons des Enfans de Latone, Poëme sur la Musique & la Chasse du Cerf, *par M. de Seré*, in 8°.

Les Desesperés, Roman Heroïque, traduit de l'Italien, *par le méme*, in 12. 2. vol,

Celenie, Histoire allegorique, *par Madame L***. in 12.

La Veuve en puissance de Mary, *par Madame de R.* 12. 2. vol.

La Diane de Monté-Mayor, *par Madame de S.* in 12. 2. vol.

La Femme foible, Ouvrage singulier, contenant plusieurs Histoires interessantes qui prouvent ce titre, in 12.

L'Epouse infortunée, Histoire Italienne, in 12.

Le Solitaire de Terrasson, in 12.

Le Comte Roger, Souverain de Calabre, in 12.

Le Napolitain, ou le Défenseur de sa Maîtresse, in 12.

Le Beau Polonois, Nouvelle Historique, in 12.

Relation de l'Isle imaginaire, ou l'Histoire de la Princesse de Paphlagonie, in 12.

L'Avare puni, Nouvelle Historique, in 8°.

Bibliotheque des Théatres, in 8°.

Logogriphes du Théatre & du Parnasse, troisiéme Edition, augmentée, in 24.

Almanach Militaire, in 24.

www.ingramcontent.com/pod-product-compliance
Ingram Content Group UK Ltd.
Pitfield, Milton Keynes, MK11 3LW, UK
UKHW020413220726
13923UKWH00004B/1919

9 782019 325978